U0128227

湖濱詩記

陳光政 著

麗文文化事業

■ 國家圖書館出版品預行編目（CIP）資料

湖濱詩記 / 陳光政著. -- 初版. -- 高雄市：麗文
文化, 2018.01
　　面；　公分
　　ISBN 978-986-490-110-4（平裝）

851.486　　　　　　　　　　106025278

湖濱詩記

初版一刷・2018 年 1 月

著者	陳光政
發行人	楊曉祺
總編輯	蔡國彬
出版者	麗文文化事業股份有限公司
地址	80252高雄市苓雅區五福一路57號2樓之2
電話	07-2265267
傳真	07-2233073
網址	www.liwen.com.tw
電子信箱	liwen@liwen.com.tw
劃撥帳號	41423894
臺北分公司	23445新北市永和區秀朗路一段41號
電話	02-29229075
傳真	02-29220464
法律顧問	林廷隆律師
電話	02-29658212

行政院新聞局出版事業登記證局版台業字第5692號

ISBN　978-986-490-110-4（平裝）

麗文文化事業

定價：160 元

小記

　　一九八〇至二〇〇〇的二十年，妻任教於中正預校，為免通勤之苦，我們住進校舍，校內有湖，名曰中興湖，環境清幽，有詩為證。

目次

憶白鵝

白鵝搖擺，
長長的膊子，
使勁吃草，
美味盡在此矣。
野狗突竄，
順坡滑下，
　噗通噗通，
悠哉悠哉！
湖心魚躍，
暮色蒼茫。

暮湖

清風徐徐，
波光交映，
湖色亮白，
遠處陰影，
群芳綠了湖畔。
　　　×　×　×
平湖點點，
魚兒探躍，
看那俯衝掠影，
分明是鳥兒啄食，
魚真傻！
身在危中不知危。
　　　×　×　×
滿湖倒影，
蜃樓再現，
夢幻情境，
虛擬傳真，
渾然忘我。

觀湖

紅橋柳岸，
蟬聲高唱，
魚貫成隊，
花木深深，
群鳥歸巢，
釣翁悄悄。
詩興雅意濃，
求借大塊，
李杜能，
我不能？

湖上聽雷

濃霧籠罩，
轟隆雷響，
雲翻雨覆，
靜觀自得，
處變不驚，
心平如湖，
自然情趣，
意味無窮。

湖濱暮夏

靜觀平湖，
美不勝收，
萬點圓心擴散，
魚躍蜓飛，
樹梢笑彎腰，
群鳥列隊翔空，
白鵝伸膊猛噬，
湖濱暮夏，
誰來賞？
我獨享。

垂釣

心與竿連成一氣，
莫非等那時刻？
弧線弓張，
釣翁沸騰，
拉起滾動的魚兒，
報以會心一笑。

無題

芳草萋萋，
綠樹依依，
平蕪盡處落日沉，
波光閃閃，
閒鵝延頸，
晚風撫大地，
黃昏漸近，
哀愁滾滾來。

水

柔情似水，
無情也似水，
可以載舟，
亦能覆舟。
生命的元素，
自古溺水無數。
洛神龍女多妖艷，
水鬼海若更驚心。
水啊！水啊！
善惡美醜盡兼備。

鏡湖

白亮似鏡，
鷺影點點，
輕步啄食，
孤立凝視，
飛越水上，
棲止樹梢。
群鵝鴝鴝，
結隊游湖。
柳千條，
斜雨輕灑，
芳草茂，
倒影充塞，
如醉如幻。

陣陣波

波濤送岸，
萬道粼光，
釣翁神暈意亂，
樂得魚兒東奔西竄，
陷我上鈎承宴，
姜太公快來救我。

黃昏組曲

烏雲成塊、
候鳥隊飛、
白鵝靜食、
鷺鷥孤立、
陣陣風送、
湧波不止、
柳姿嫚妙、
芳草吶喊、
蜻蜓蔽空、
麻雀聚集、
夜鷺出征、
斜雨輕灑、
天色漆黑、
詩興特濃。

撫慰獨行人

石隄柳岸，
白椅斜置，
芳草狼藉，
植茂萬狀，
百鳥爭鳴，
撫慰獨行人。

行吟湖畔

湖景美不勝收，
飄浮三三兩兩，
隨風聚散。
我欲趁興歸去，
與魚兒比個痛快，
怎奈時候未到，
行吟湖畔。

孤島上

天茫茫，
野蒼蒼，
風蕭蕭，
雨潺潺。
孤島上，
棲遍白鷺鷥，
恰似盛開小白花。

湖上交響

雨未歇，
柳條萬舞，
道道波紋似五線譜，
躍鯉宛如指揮家，
彩霞乃天設場景，
蔽空鼓翼的飛鳥，
拍聲叫好。

撈魚

連日風狂雨驟，
湖水滿溢，
魚兒順流出隄，
行人撈捕。
隨波有害，
不安分，
盤中飧。

身在湖中不知福

颱風夜，
湖水傾洩，
溢滿原野，
魚群隨波流，
樂得行人追逐，
唉！
身在湖中不知福。

魚宴

水災之賜，
捕魚滿筐，
活蹦亂跳。
清燉切片，
紅燒煎煮，
膾炙眾口，
樂我佳賓。

強颱前夕

細柳狂掃，
湖水沸騰，
普提葉颼颼，
彩霞滿天，
銀盤高掛，
夜鷺低飛，
蛙鳴咯咯，
強颱將臨。

湖光水色

清風撲面，
水波粼粼，
細紋如綾，
鼓動款款，
潔光映雲，
魚先知，
綠野隄樹，
倦鳥歸巢，
向黃昏。

湖之夜

檸檬月，
長雲淡，
爍銀河，
夜鷺聲，
湖水如鏡，
蟲唧竊竊，
靜夜思深。

靜觀湖畔

暑氣高張，
靜觀湖畔，
享受景致，
水氣襲我，
草香熏我，
游魚逗我，
倒影誘我，
一片玲瓏玉。

行吟

微風吹皺湖水，
雨過初晴，
大魚滾滾作浪，
雷聲相和，
騷人墨客消魂，
行行又吟吟。

與妻遊湖

邀妻遊湖，
共享美景：
白屋綠波，
紅亭幽徑，
垂柳搖曳，
融金落霞，
滿湖粼痕，
候鳥南飛。

話水

四海三洋，
大禹治水與諾亞方舟，
熱帶雨林、五湖區與雲夢大澤，
極區的冰山原與冰河。
如果沒有水，
處處沙漠與戈壁，
荒如月宮，
太無聊！

湖歌

湖水清清，
映雲端，
飛鳥畫空，
鯉魚躍，
萬道漣漪，
白鵝渡，
樹影倒立，
燈閃爍。

夢幻湖

垂柳依依，
綠水殷殷，
芳草萋萋，
鷺鷥點點，
雲天漫漫，
魚也成群，
風也微微，
凝視沈思，
休管寒暑，
不畏蚊蟲，
萬丈紅塵，
拋諸九霄。

湖濱曲徑

終年綠裝，
婷婷玉樹，
蜿蜒曲徑，
景致幽雅，
逍遙漫步，
可以忘憂，
可以賦詩，
終老何如？

湖畔即景

無言漫步湖徑，
魚躍鳥鳴風吹，
小蟲竊竊私語，
群鵝嚙草煞煞，
雲際隆隆，
聲聲入耳，
終歸平靜。

鷺鷥島

隄岸柳色，
塊狀草原，
佳木葱蘢，
鷺鷥千計，
煞是壯觀，
優雅旋舞，
恆久之美，
何處覓？

湖裡湖外

湖光閃閃，
白裡帶綠，
漣漪送岸，
曲徑通幽，
魚蝦之外有乾坤，
可以意會，
言傳實太難。

雨後觀湖

雷雨初歇，
湖色清新，
綠的更綠，
青出於藍，
餘暉依依，
微風徐徐，
魚群戲水，
飛鳥翔空，
觀者動容。

湖畔美宴

獨坐長隄，
濯足戲水，
環視四周，
鳥囀兼舞，
魚渡競速，
幽林深深，
野花繽紛，
芳草萋萋，
紋波如綾，
朝霞旭日相映紅。

渾然忘我

隱坐湖濱，
左聽鳥囀，
右賞舞柳，
遠觀魚躍，
背抹斜陽，
淡月浮現，
清風徐徐，
九拐幽徑，
渾然忘我。

湖上

夜鷺畫空，
白鳥自在，
烏鶩發威，
旭日晶晶，
群雀嬉戲，
鯉魚躍門，
遠聞鐘聲，
宛在水中央。

心曠神怡

秋晨冷颼颼，
湖面平靜，
夜鷺唳天，
大魚探頭現尾，
群鳥爭食，
白屋亭臺曲徑，
修隄礫石小橋，
目不暇給，
聲聲頌。

行吟澤畔

女兒遠住校舍，
兒子趕赴上學，
妻子忙於晨操，
我則獨行澤畔，
環繞幽林，
百花綻放，
群魚優游，
千鳥爭鳴，
靜觀映影，
柔情萬千。

清晨獨行

人迹未至，
飛鳥爭鳴，
群鵝伴行
紅腳赤啄，
一一躍下湖，
陶然忘機，
引頸嘶喚。

湖畔

裡湖外湖有乾坤：
大魚作浪，
小鳥穿梭，
一眼洞澈湖底，
花影交相映，
猶似迷宮。

堤上

無言獨行，
環顧四野，
樂心扉，
翠綠寰繞，
野鴨翠羽，
醉花香。

形單影隻

澄澄瘦湖。
形單小鷺，
三步一啄，
五步一飲，
佇足良久，
伴飛何方？
企立延頸。

小野鴨

南臺初冬，
依然清涼，
花木嫵媚如上春，
北國嬌客三三兩兩，
戲弄湖上，
激起千道綠波，
噪鳴不休。

野趣

垂柳千條，
麻雀聒噪，
白頭翁騰躍，
畫眉傳唱，
黃鶯絲蠻，
旭日東昇，
群魚巡游，
一圈又一圈，
鷺鷥揚長遠去。

孤島樂園

湖中孤島，
可望不可即，
欲渡無楫。
野鴨戲水，
候鳥獻曝，
飛禽蔽空，
佳趣我獨賞。

豈容良辰美景虛設

湖心隱隱，
綠粧紛紛，
綾紋隨風展，
夜鷺獻曝，
小鳥傳唱千轉，
游魚時時現，
漁鳥四處張望，
良辰美景豈容虛設？

湖邊記趣

靜坐柳隄，
鳥囀千回，
群鷺翩翩，
野鴨競渡，
鯉跳龍門，
清風徐徐，
品茶沈思，
心飛湖上矣。

舒透

清清涼涼，
波光閃閃，
旭日璀璨，
倒影夾岸，
飛鳥凌空，
游魚競速。
世間紛亂，
官場惡鬥，
我獨悠然，
爽心遠擾。

蓄意之晨

白頭翁千囀，
群鳥穿梭，
大候鳥靜止不動，
白鵝鸕鷀繞湖，
巨魚翻滾，
雲端機聲隆隆，
好一個蓄意之晨。

湖畔激賞

獨坐湖畔，
賞讀徐霞客遊記，
傾聽舞鳥大合唱，
魚群划來畫去，
百花迎笑，
隨風擺盪，
朝陽穿林，
快樂頌日日演，
不畏烈日風雨，
隄上獨一人。

恐怖鳥

北風慄冽，
小鳥消聲匿跡，
碩大巨鳥突降，
鵲巢鳩佔，
黑壓壓，
丫丫聲，
奇形怪狀，
煞是恐怖。

殘冬景象

久旱現底，
水落石出，
白鵝划行難，
水鴨無處戲，
鳥語漸稀，
魚困爛泥，
岸花枯萎，
殘冬景象。

十二月的南方湖畔

南臺灣的十二月天，
涼而不冽，
天色陰而不殘，
鳥語宛如春，
迴波獻媚。
熱茶一杯，
書一卷，
癡癡賞讀，
也賦詩。

久旱之憂

湖水狂落，
魚兒掙扎，
紅塵萬丈，
理還亂，
百年身，
千歲憂，
渴滋味在心頭。

夜臨湖上

天昏地暗，
湖還亮，
倒影細長，
栖鳥倦眠，
北風呼呼，
斯湖搖盪。

密密雨珠，
滴碎湖心，
涼風吹，
掃淨水色，
冰心玉壺，
光潔如雪，
野鴨悠悠擺渡。

霧茫茫

澄靜之湖，
微風吹皺，
霧茫茫，
蟲聲四起
旭日難出，
呈現乳白，
群魚逐波。

 # 遊湖

臘月除歲，
遶湖行，
水鳥三三兩兩，
對鵝逍遙，
候鳥畏縮，
野鴿聲聲喚，
伴我行吟。

晨湖

鳥來伴，
湖水清，
遠行客南飛，
賞讀霞客遊記，
一杯熱茶，
一副望眼鏡，
哪管天涯海角，
我都去。

寒湖

放眼溋溋水，
點點夜鷺，
戲枝頭，
游魚沉潛，
滿湖漣漪。

寒晨

北風迎面吹，
逐浪觸岸，
慢跑人一圈又一圈，
我卻靜坐茗茶，
鳥已飛絕，
我獨享，
不讓湖光虛設。

自在

草木青翠，
湖水溫柔，
鳥鳴樹梢，
白鵝優然噬，
滿天浮雲，
清風習習，
好生自在，
夫復何求？

大地初醒

輕風吹皺半湖，
雁陣南飛，
群鶯亂舞，
嚶嚶對唱，
旭日穿射叢林，
大地初醒。

叢林大會

成雙白鵝飄浮，
關關叫不止，
候鳥層層疊疊，
似有重要議題，
爭吵不休，
叢林大會。

更上一層樓

魚游且躍，
鳥飛且鳴，
得隴望蜀，
知生探死，
道尺魔丈，
不耽現狀，
更上一層樓，
千里目。

新春之湖

除歲之後，
人聲鼎沸，
團聚溫馨，
車塞於途，
此湖分外寧靜，
淨身心，
乘興眺望，
暢人肺腑。

暖春之湖

春水盈盈，
枯草貼岸，
野鴨點點，
雙鵝鶼鶼，
夜鷺現曝，
小鳥戲林，
暖春之湖，
致人眼花撩亂。

湖畔讀遊記

楊枝柳條狂掃，
後浪猛堆前浪，
綠樹芳草蕭瑟，
手捧霞客遊記，
尋踪跡，
上崑崙，
探禹穴。

只羨鴛鴦不羨仙

雙雙對對池上飄，
有伴最美。
天地一沙鷗，
何等嫚妙，
獨釣寒江雪，
孤苦有誰知？

細雨茫茫

細雨輕灑湖上，
蒼蒼茫茫，
繽紛帳棚錯落林間，
處處鳥語花香，
我欲乘風歸去，
溶入虛無飄渺中，
自由自在，
賽仙鄉。

湖上有感

曲徑上，
佳偶漫遊，
鴛鴦戲水，
鳥兒對唱，
白鵝浮泛，
我獨行，
羨成雙。

環湖行

期待長煙一空，
盡是烏雲密佈，
湖底難洞澈。
人心惟危，
道心惟微，
惟精惟一
允執厥中。

湖上吟

鳥鳴啾啾，
風聲霍霍，
遠輪將出航，
飛機掛雲霄，
野鴨湖上嘎嘎，
游魚使勁鱗鱗。
忘卻世間煩惱，
獨守清雅，
云何不樂？

湖上乍聞大峽谷空難

世界奇景，
誰不嚮往？
崢嶸怪奇，
宛如地獄谷，
乘機鳥瞰，
墜入萬丈深淵，
空悲切！

獨坐

獨坐白堤，
濯吾足，
手捧梭羅《湖濱散記》。
他湖居兩年，
我伴湖十載；
他躬行實踐，
我淺嚐而已。
家有妻小，
職責在身，
哪敢奢求？

四隻水鳥

風清氣爽，
水鳥爭食，
橫渡斯湖，
漣漪道道沖岸，
隨風消逝。

慟女弟子墜落大峽谷

風雪飄搖，
欲渡大峽谷，
風師雪神交戰，
科羅拉多河滔滔，
一失神，
隕石般墜落，
粉身碎骨。

湖色

全湖閃爍，
周邊佈滿陰影，
漁鳥貼水平飛，
夜鷺懶散棲息，
野鴨競渡，
薄霧隨風消散。

濃霧

陰沉沉，
白茫茫，
鎖住陽光，
林鳥靜悄悄，
群魚戲波，
野鴨爭渡，
栖鷺猶眠。

湖上慟憶空難女弟子

大峽谷不仁，
風強雪驟，
單飛難進，
百絕紅顏
摧心肝，
喚不回。

巨魚

天蒼蒼，
水茫茫，
風吹浪低見魚群，
巨魚興波，
力大駭湖，
小心釣客，
落當盤中肴。

湖上又憶空難女弟子

寒假終了，
子矜匆匆返校，
眾生笑容不見了，
表情肅穆，
佈告上的輓詞，
不忍卒讀，
淚潸然。

凝望

乳白色的天與湖，
陰陰慘慘，
蟲魚飛禽難耐，
躲藏深處，
顯得孤寂，
漣漪無力，
靜得出奇，
一隻水鳥輕輕畫過。

湖上追憶

骨灰返鄉，
合葬塔中，
永不離，
詠不止，
再不回首，
為師傷悲。

春暖

乍晴還暖，
重重濃霧，
游魚熱絡，
不時探頭，
白鵝艤岸，
報之以豐草，
落單的，
引吭呼伴。

望湖興嘆

同屬西遊：
歷經八十一難，
終修正果。
妳們姊妹淘飛越峽谷，
渡不了，
墜入萬丈深淵，
長埋峽谷向黃昏。

湖畔之晨

清涼漸趨和暖，
正逢週末假日，
鵝友搖擺，
釣翁耐心等待，
飛鳥陣陣，
湖波盪漾。

湖上又憶女弟子

壯遊胡不歸？
風光冠天下，
聖賢詩書都不如，
父母師友喚不回，
長為峽谷魂。

湖上動態

白鵝漸稀，
野狗禍首；
巨鷺藍灰相間，
晝伏夜出；
池魚縣密，
大可百斤；
黑鷿總成雙，
跳水上芭蕾；
更有龜出沒，
鬼鬼祟祟；
黃鶯和白頭翁，
環湖賽飛。

環湖植被

白隄修長，
柳條依依，
芳草鋪岸，
間雜帶淚小花，
迎面長排垂榕，
島上花容秀色，
能不憶斯湖？

物與

初臨湖畔，
鵝群持距觀望，
棲鳥驚呼，
魚在彼岸優游。
如今大異其趣，
極其親近，
與我為友。

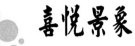

喜悅景象

湖邊坐定，
五隻白鵝飄浮前來，
宛如五艘遊艇，
艤岸登陸，
行注目禮，
似若閱兵隊伍。
麻雀也在岸上爭食，
黃鶯高歌，
白頭翁傳情，
水鳥戲水，
一片喜悅景象。

醉人美景

青青湖畔草，
垂柳水上舞，
遠樹環列，
密葉蔓枝連綴，
島上紅白綠交錯，
波光閃爍，
鵝班長昂首領隊，
白屋短亭，
微風徐徐，
醉人美景。

點鬼簿

昨夜夢中又見，
點鬼簿上留芳名，
長為峽谷魂，
念去去萬里不歸魂，
師生難再續。

驗證《湖濱散記》
(Walden; or Life In the Woods)

不再身歷其境，
豈知湖濱之美？
不親閱《湖濱散記》，
哪知其中墨妙？
觀察自然律，
誰不曾有？
人人有過，
深淺差距竟如此懸殊！
敏銳洞察力方是見真章。

每日必遊

與湖有約，
每日必遊，
無畏風雨日炙，
生病不適照來，
雖非名湖，
芳草綠樹環繞，
上有飛鳥，
下有游魚，
密密波光漣漪中。

湖畔讀全唐詩

唐季佳人才子知多少？
不比眼前池魚少，
今已成空，
唯有詩篇垂千古，
但願今生能卒讀，
面向平湖發誓語。

湖外

湖外芳隄，
新樓矗立，
花草靠邊生，
蟲魚四竄，
大地漸淪落，
何處可安棲？

湖上致懷

魂飛萬里，
大峽谷，
永不回，
無親無友，
怎開懷？
落難於天涯。

假日湖上

週末假日，
晴朗好時光，
遊客如織，
魚鳥潛逃，
物與不易？
相煎何太急？

春意鬧湖

湖水盈盈，
春風吹撫，
逐浪南行，
白鵝飄飄，
綠草映波，
枝頭傳唱。

湖畔寄亡

伊困大峽谷，
師在湖邊斷腸，
人間總有閒雜事，
無以長相憶，
沉入虛無飄渺中。

湖中物與

我有我的窩，
來湖短暫遊，
魚不親，
禽戒懼，
莫要驚！
這裡不是人類的舞臺。

春意弄

靜靜的湖，
百花盛開，
異樹爭榮，
群魚競渡，
飛鳥翩翩，
不速客，
魂飛湖上矣。

湖區之春

春風吹皺湖水，
草木欣欣然，
紅花繽紛，
白花似雪，
舞蝶翩翩，
亂打行人面。

春望女弟

葬身峽谷，
經冬復春，
谷花濺淚，
谷鳥驚心，
親友淚已乾，
為師長相憶。

詩的療效

青天白雲訴心曲，
麗日長風慰懷思，
綠樹蒔花飽眼福，
碧水洗輕塵。
天天有詩晨，
日日讀唐詩，
韻致填膺。

春風微微

柳隄直，
佈滿快活鳥，
且歌且舞，
戲弄枝條，
魚兒出水，
白鵝覘覘，
大地醉在春風裡。

又見鷺鷥

島上增添新客，
鷺鷥歸林，
結伴依偎，
梳羽整容，
大地回春，
遨遊好時節。

 落單鵝

孤鷺棲林梢，
自在自得。
落單鵝焦急萬分，
如訴如泣，
情動四野，
漁鳥畫水遠去。

春意闌珊

湖光水色，
靜得出奇。
綠樹芳草，
悄悄對語。
長腳尖嘴鳥，
守池待魚。
白鵝浮現，
釣客心焦。
悠然獨坐，
異想天開。

春意鬧

柳牙新綠，
芳草正鮮，
春風襲人，
暖陽初臨，
湖裡湖外盡是春處，
愛春！
惜春！
探春！